문학과지성 시인선 299

너무 오래 머물렀을 때

이성미 시집

문학과지성사에서 펴낸 이성미의 시집

칠 일이 지나고 오늘(2013)
다른 시간, 다른 배열(2020)

문학과지성 시인선 299
너무 오래 머물렀을 때

초판 1쇄 발행 2005년 5월 18일
초판 4쇄 발행 2021년 8월 30일

지 은 이 이성미
펴 낸 이 이광호
펴 낸 곳 ㈜**문학과지성사**
등록번호 제1993-000098호
주   소 04034 서울 마포구 잔다리로7길 18(서교동 377-20)
전   화 02)338-7224
팩   스 02)323-4180(편집) 02)338-7221(영업)
전자우편 moonji@moonji.com
홈페이지 www.moonji.com

© 이성미, 2005. Printed in Seoul, Korea

ISBN 89-320-1600-3 02810

문학과지성 시인선 299

너무 오래 머물렀을 때

이성미

2005

시인의 말

늘 어딘가로 가고 있다.
곧 스러질 길가의 꽃에
잠시 머물다 간다.

2005년 5월
이성미

차례

▨ 시인의 말

제1부 침묵과 말하기 사이

제1부 침묵과 말하기 사이

제1부 침묵과 말하기 사이

입을 다물다

어디서 올까 그녀의 향기
몸 안에 양귀비꽃이 들어 있는 모양이다

어쩌다 입을 여는데
꽃잎들이 풀풀 나와
그녀와 나 사이를 떠다닌다

이것도 아름답지만
오래도록 그녀는 입을 다물고
그래서 나는 그 옆에 머물고

비밀

몰래 벌어지는 일들에서
설탕 묻은 장난감 냄새가 난다
태엽 인형의 벨소리
끊어질 듯 이어지고
등 뒤에선
낮은 북소리

모두가 잠든 밤에
자라는 숲
저물녘 피는 진홍색 분꽃
어딘가 묻혀 있을
버섯의 냄새

말이 내뱉어지는 순간
불투명 유리창에 금이 간다
마술이 끝나고
다락 문이 열릴 때
펼쳐지는
먼지 앉은 내부

밤길

감기약을 먹으라니까
조카가 서럽게 운다

야간 행군에 지친
어린 보병의 의문처럼

다른 숲으로 날아가다
총에 맞아 떨어지는
새의 의문처럼

등잔불을 꺼뜨리지 않고
들고 가야 하는
시린 손의 의문처럼

허무

이 냄새는 익숙하다

수상스키장
봄날 컴컴한 지하 술집
모텔 앞에서 아침

졸린 눈을 부비며
아픈 발로 춤을 추는 곳

너무 나른해
쉴 수 없는 이곳

불안

삼나무 숲처럼
쑥쑥 자라난다

빙산 위에 떠 있는 집

날 보고 애인이 웃네
초록색 얇고 아름다운 유리병

꽃잎과 바위와 나비와 어깨

어깨에 떨어지는 벚꽃잎이
바위가 되어 얹히는 날이다
그 바위를
나비로 만들어 날려보내려 애쓴다

꽃잎 두 장을
하얀 나비로
착각하기가 그렇게 어려워
나는 자꾸 어깨에 멍이 든다

화내고 있다

꽃에게 화내고 있다
풀에게 화내고 있다
깃털을 집어던지며
지푸라기를 집어던지며
발을 구르면서

회전목마

돌아오면 그 자리에 고여 있는 물
돌아오면 그대로 타고 있는 불

회전목마가 돌아간다……

말을 갈아타야 할까……

견딜 수 없는, 견디고 있는

바위를 떠메고 있는 흙덩이와 같이
찬 바닥을 굴러다니는 낙엽과 같이
태평양을 건너는
황사의 먼 여행길과 같이
폭풍에 지붕이 날아간 집과 같이
가랑비에 찢어진 꽃잎과 같이

나는 너무 멀리 뻗어 있는 팔과 다리

네가 꿈꾸는 것은

아무 일도 일어나지 않는 삶
바람은 달려가고
연인들은 헤어지고
빌딩은 자라난다
송아지는 태어나고
늙은 개는 숨을 거두고

아무 일도 일어나지 않았다
찻잔에 물이 잔잔하고
네 앞에 시 한 편이 완성되어 있을 때

봄이 오면

보도블록 틈새로
새 이파리가

너의 발바닥을 뚫고
머리 꼭대기 위로 자라났다

청춘

파란 단풍
파란 은행 그늘에 앉아
불안한 잡담

차례를 기다리는
뜯지 않은 시멘트 포대처럼

땡볕 아래에는
상한 물고기들

낮잠

잠에서 깨면 너는 깊은 바닷속
어마어마한 압력에
납작해진 물고기

뿌연 햇빛 속으로
사라져가는
곰팡이 핀 집

여기가 어딜까

비

담장과 담장 사이
넝쿨과 넝쿨 사이
그의 어깨와 그녀의 어깨 사이

뭐라 부를 수 없는 곳으로
떨어지는 비

고개를 뒤로 꺾고 보는 날
첨탑 옆에는 무엇이 떠다니는지
전깃줄은 어디로 달려가는지

발가락이 젖어 알게 되는 날
아스팔트 길 어디가 꺼져 있는지
진흙 땅이 얼마나 부드러운지

그동안 잠자코 있었지
창문 밑엔 버려진 자동차
양철 지붕 위엔 미루나무

안 가본 데로

비의 손가락을 따라다니는 날

물웅덩이만 잠시 기억할 뿐
사라지는 세계

에밀리 디킨슨

아무도 읽지 않는 시를 계속 쓰는 시인
빈 객석을 두고 열리는 모노드라마 배우

바람은 분다 그녀의 머리칼도
지푸라기도
꽃가루도 없는 곳에서

눈동자도 입술도 없는 우주에
아담이 수첩에서 빠뜨린 별들이
떠돌고 있는 것처럼

Ars Poetica*

그의 이마는 높고 반듯하였다
매끄러운 대리석 같은
비가 와도 젖지 않는
그 이마를
오래 사랑하였다

민들레 홀씨가 날아왔으나
틈이 없었다

먼지 한 점 내려앉아 쉬지 못했다

* 아르스 포에티카: 詩作法. 詩作術.

뒷모습

교문 앞에서 기다려도 너는 오지 않았기 때문에
머리를 짧게 깎고 기차를 타고 떠났기 때문에
다른 여자에게 미소를 지었기 때문에

뒷모습만 친숙했다
어느 날 네가 왔지만
너의 얼굴을 알아보지 못했다

기차를 놓친 사람들

조금 늦게 온 사람들
조금 일찍 와
화장실에 간 사람들
너무 일찍 와
기다리다 잠든 사람들

너무 늦게
너무 빨리
다른 기차에 탄 사람들

너무 오래 머물렀을 때

어디로 가야 하는 걸까
발부리를 톡톡 차면서
이미 알고 있는 답
자꾸 묻는다

제2부 베일 뒤의 거인

나는 쓴다

물고기의 싱싱한 시체를
잎사귀에서 물방울이 증발한 흔적을
증기를 내뿜는
화물 기차의 검은 몸체를

수챗구멍에 엉켜 있는
늙은 남녀의 잿빛 머리카락을
쓰레기차에
내려앉은 환한 눈더미를
보도블록 틈
손가락만한 물웅덩이에
고인 달을

선호하는 콤플렉스의 목록을 작성하며
병원 수세식 변기 속
물에서 꼬물거리는 벌레 같은

서른다섯
죽기엔 너무 늦었고
내년 가을에도

황금빛 이파리들이 조용히 떨어질 것이므로

벼락

밤하늘을 그어버리는
노란 손톱 자국

놀란 거인이 쿵쿵거리며 달려나온다

봄

거인이 산에서 내려와
기둥만한 장화를 벗었다
그 속에
어린 토끼들이 웅크리고 잠들어 있다

그들을 깨우기 위해
수천 개 조그만 초록 종들이
일제히 울리기 시작한다

먼지 앉은 덧문이 열리고
모두 귀를 기울인다
항아리에 담긴 찬물도
담장 아래 흰 흙도

살아 있는 것들은 분주히 줄을 선다
그 사이로
천천히
자전거를 밟고 가는 소년

구석에서 거인은 몸을 숨기고

무서운 눈을 감아준다
잠시뿐이다
축제는 곧 끝날 테니

고요한 밤

대기는
몸속을 느리게 흐르는
피와 온도가 똑같다
그 속에 잠겨 있는 밤

별들은 제자리에서 꼼짝도 하지 않았고
나뭇잎은
하나하나
공중에 핀으로 박혀 있었다

그리고 바람이 산들 불었다
나무는
각 세포의 방
뿌리에서 가지 끝까지 흩어져 있던
힘을 모두 끌어 모아
이파리 하나를 일 센티쯤 흔들었다

세상은
커다란 몸짓으로 뛰어가면서
고함을 친다

관계

아이스크림 기계 앞을 지나치는데

내 아랫배에 숨어 있던
꼬마 피에로
닭발 같은 손을 내밀어
아이스크림을 잽싸게 낚아챘다

나는 묵묵히 돈을 치르고
저녁을 굶었다
오늘의 제사는 취소되었다

크리스마스 아침

1

산타클로스는 아직 일어나지 않았다
나쁜 아이에게도 고루 운명을 나눠주느라
어제 잠을 설친 것

밤새 등잔을 켜고
이 집에서 기다렸다
선물 보따리에 혹시 남았을 운명을

문밖에는 새 한 마리 죽어 떨어져 있다

2

새 꽁지를 주워 들고 부엌으로 와
늦은 아침을 준비했다

그가 커다란 입을 벌리고
부드러운 새의 가슴살을 뜯어먹는다

길게 자란 흰 수염을
빨간 포도주로 적시며

문득 구역질이 났다
내 손은 어디서 온지 모르는
새의 발가락을 닮았다

눈밭

그리고 모든 것이
녹았다

나의 흰 가슴에
구두 자국

뒤뜰에는
아무도 가려 하지 않는
좁은 길이
새로 났다

밤새 자란 흰머리

눈이 녹아 흐르는 계곡
물소리를 들으러 가는 아침

당신과 물통

목이 몹시 마르긴
합니다만
거기 빨간 물통 든 당신

저를 그냥 지나치시지요

당신 뒤를 따라가
다정하게 아이를 낳고
툇마루에 앉을 수 없으니

나는 참회자요
무거운 나무 신발을 신고
계속 걸어다닙니다

당신과 물통을
잠시 쳐다보았습니다

금

1

금을 그어놓고 금 밖으로 나왔다
꽃밭은 안에 있었다

돌 고르는 남자와
흰 젖을 흘리던 여자가
금 안으로 돌아오라 주문을 외우고

늙은 무녀는
조그만 인형의 발가락을
바늘로 찔렀다

나 대신
나비가 팔랑거리며 날아들어갔다

2

금 밖에는 눈보라가 쳤다

나는 양말 코를 빨갛게 적시며
북극을 향해 걸어갔다

흰 수염이 나무에 널려 있고
순록의 눈이 맑은 곳

내 마음속에
나비가 날아다녔다

빈둥거리다가

뜨거운 사막에
북극곰의 발톱을 떨어뜨리고

새벽 지붕 위에 올라가
검은 장막을 펼친다

숲 속 나뭇가지에
물고기 뼈가 걸려 있고

우물에서 날마다
흰 깃털의 어린 새가 날아오른다

바닷속에
산맥을 풍덩 빠뜨리고

정오의 모래사장에 누워
오렌지색 달을 본다

휘둥그레진
거대한 눈동자 밑에서

엎드려 기도하는 밤

나의 실수요 꿈이고 힘이니
용서하시고
종종 말을 잘못 뱉게 하소서

보슬비

내려오는 중일까 올라가는 중일까

땅에서 하늘까지
투명한 날실처럼
실뱀들이 꼿꼿이 서서

올라가는 중일까 내려오는 중일까

광장

오래 울지 않은 나는 녹슨 종
돌바닥에 누워 기다리네
트럭에 실려가며 굴러나올 노래

바다를 본 적 없는 나는 검보랏빛 고래
무거운 몸을 끌며 광장을 지나가네
단 한 번 수평선에 눕기 위하여

이곳을 벗어난 적 없는
나는 지금 이 층 창가에서
광장의 적막을 감시하는 중

달과 돌

돌이 식는다
밤의 숲 속을 헤매다 주운
창틀 위에 올려놓은

돌이 식는다
어두운 방에서 빛나던 돌
가만히 보면 내 눈썹까지 환해지던

그 둥근 빛 아래서
나의 어둠을 용서했고
침묵은 말랑말랑한 공을 굴렸다

들고양이가 베고 잤을까
고양이의 꿈을 비누방울로 떠오르게 하던
돌이 식는다

자줏빛 비가 내리고
벼락의 도끼날이
숲의 나무들을 베어버리는 동안

돌 위에 얹고 있는
내 손이 식는다

반달의
나머지 검은 반쪽이
궁금해졌다

청춘

바바리코트 자락을 펄럭이며
나타나야 할 그는 오지 않았다
타르 같은 애정을 내게 주던
여자는 지칠 줄 몰랐다

식물보다 식물을 닮은 단어를 더 사랑했고
요리법과 안전 지침은
아무리 들어도 기억에 남지 않았다

대롱거리는 단추처럼
달려 있다가
꾼 돈이 생각나
졸면서 매달려 있다가

깜깜한 밤하늘을
올려다보자
별들이 거기 있었다

지퍼가 열린

가방에 담자 가득 채우자
밤하늘에서 전갈의 꼬리
숲에서 뱀의 혀
바람에서 벌의 침
모으자 모자라지 않게

가방을 들고 다니다가
가방이 되었다가
가방에서 나와 도망쳤다

지퍼가 열린 세상은
나를 위협한 적이 없었고
관심도 없었다

햇살은 반짝이느라
어린 염소는 자라느라
쓰레기는 치워지느라

각자 바빴다

일식

검은 숲 속을 달음질치며
노란 눈을 번득이던 너는
태양과 암흑의 자식

동쪽에서 그가 왔다

그는 네가 살던 숲을 베어버렸다
너는 도망쳐 숲을 다시 세웠다
너는 북극으로 가 얼음집을 짓고 숨었다
그는 봄바람을 불어 녹여버렸다

그가 너를 독수리처럼 낚아채
하얀 빛 속으로
집어던졌다

일식 이후

몸은 눈먼 벌레인가
태양을 향해 기어갑니다
추억도 없이

여긴 축축한 늪이 아니고요
미지근한 물이 찰박거리는
초록 웅덩이

이곳엔 장난감과 훌라후프 있고
들려요 이모의 웃음소리
사촌의 뜀박질
그리고 간지럼

사랑의 개념

을 찾아 미술관에 갔다
로버트 인디애나의 LO VE가 있다
(글자 모양의 조각품)
손에 만져지는 단단한 사랑

태초에 말씀이 있었다는데

잡으려 하면
손가락 사이로 빠져나가는

흥흥거리는 코웃음
둥글고 노란 불빛
어디선가 건너오는 온기

축음기 없이 흘러나오는 음악

제3부 나의 세탁소

굴러나갔다

머리 속에서 말똥구리가 기어나왔다. 소똥구리였던 가? 어쨌든 나는 외출 중이었으니까. 그 틈에 머리 속을 치운 모양이야. 똥으로 보였는지 전부 굴리고 나왔다.

돌아오는 길에 녀석을 얼핏 보았지만 난 잠자코 머리 속으로 들어왔다. 말끔했다. 무엇이 있었더라? 컴컴해 질 때까지 우두커니 앉아 있었다.

해가 저물 때
잠이 들려고 할 때
잠에서 깰 때

장 그르니에가 하루 세 번 무섭다고 말한 시간

쇠고랑을 끌며 푸른 발이
밤새 저벅저벅 걸어다녔다

동이 트면 뒷모습을
오늘도 따라가지 못했다

흰 빛 속에 앉아 눈을 감고
발자국을 지우고 있으면
저녁 어스름에 쩔그렁 소리가 다시 찾아왔다

자전거랑 왜 그랬을까

버스 타고 가다 왜 내렸을까
갑자기 자전거는
왜 생각났을까

오르막길을 앞에 두고
커다란 앞바퀴에
뒷바퀴는 너무 작은 자전거

넘어가지 못할 줄 알면서
페달은 왜 밟았을까
버스는 언덕을 넘고 모퉁이를 돌아갔는데

왜 들어갔을까 허름한 집으로
바퀴만 부서지고
아이 우는 그 집엔
왜 들어갔다 나왔을까

날은 지고
맨발로 걸으며
사람들을 두고 왜 내렸을까

휙휙

건널목 앞이었습니다
그때 나는 입 안 가득 꽃잎을 물고
달리는 차를 보고만 있었는데 밟히는
아스팔트를 동정하고 있었는데 혁명이 내 정수리에
깃발을
꽂더니
빨간 불
인데도 길을 건너가버렸습니다 나는 따라
건너다가 신호등이 고장나
길 한가운데 노란 선을 밟고 섰는데
꽃잎을 웩웩 토하고 있었는데 어느새
트럭 위입니다
트럭은 가만 있는데 세상이 휙휙 지나가면서 클랙슨을
울리고 욕을 해댔습니다 남자가 올라타 트럭을 몰고
그곳을 빠져나왔는데
그러고 보니 없습니다
뛰어내렸는지 내가 밀어냈는지 아니 내가 트럭을 버렸는지
나는 그냥 개흙탕물
옆에 섰습니다
아이가 하나

둘
셋
떠내려갑니다 할머니가 건져 올려
키웠습니다 나를 찾아와 니가 엄마냐 너도 엄마냐
할 것입니다 그때 할머니가 나타나
애야, 가자 내가 에미다
할 것입니다
아이의 아장걸음이 나를 앞서갑니다 나는 마구 달렸습니다
넘어진 나를
시간이 밟고 갑니다 그리고 무언가 또 휙휙
지나가고 기억만 남았습니다
나만 남았습니다

선인장

땀구멍마다 바늘이 자라나
아무도 손대려 하지 않았다

사막으로 가
혼자 서 있었다

단단한 뼈가 되어 잠들다

물고기의 이빨이 들어가지 않는

뼈가 되었으면 강바닥으로 내려가면

페인트가 벗겨진 목선이 있어

갑판에 드러누웠으면

살진 물고기가 흐르고

그 위로 하늘이 어른거리면서

빗소리와 나무 타는 소리가 간간이 들려왔으면

방문

평생을 기다려도 그가 나타나지 않는다
바람 속을 걸어 그의 방으로 갔다

문에 얌전히 자물쇠가 걸려 있다
쾅. 쾅. 쾅. 쾅. 쾅.

잠에서 깬 그가 문을 열어준다
늙어버린 얼굴로
귀에 시든 꽃을 꽂고
눈동자엔 붉게 해가 지고 있었다

꽃에게 인사하고
돌아서 왔다

철교

비에 젖어 번들거리는 검은 철근
위에서 파닥거리던 빨간 금붕어

갑자기 튀어올랐다

기차 유리창에 부딪혀
강으로 멀어져가는 빨간 점

빗자루를 들고 늙은 청소부가
철교를 쓸며 건너오고 있다

그 옆을 덜컹거리며 삼등 열차가,
사내의 얼굴을 흰 머리카락으로
덮어놓고 간다

붉은

붉은 글자 위로
눈 내립니다

소리 내어 읽어보던
목소리도
눈 맞습니다

서성대던 마음이
입 안에 갇혔습니다

어중간하게

장자와 실비아 플라스 사이
지나간 사랑과
오지 않는 사랑 사이
태어나지 않은 詩와 버리는 詩 사이

높은 나무 끝 이파리와
깊은 뿌리의 솜털 사이

억만 겹의 틈에
끼여 있다

풀씨는 왜 자꾸 들어오고

날아가지 않고 가라앉는 걸까

거대한 폐선처럼

바닥에 쌓여온 것들
손가락만 대면 바스러질 것들
훅 불면 흩어질 것들

바닥이 활짝 열릴 때까지
건드리지 않고 바라본다

이상한 로맨스 1

일 년에 한 번 이들은 상봉한다

광화문에서 여자의 머리칼이 나부끼면
산사의 풍경이 댕그랑거린다

남자가 계곡에 서 있을 때
여자의 머리맡에서 물소리가 난다

잠이 축축해,
여자는 형광등을 켜고
젖은 시집을 다림질한다

이상한 로맨스 2

짙은 안개가 끼면
여자는 뾰족구두를 신고 뱃사공에게 간다

물과 땅이 나누어지지 않은
태초의 혼돈을 만날 수 있다

배는 걸어오다가
사공과 함께 사라진다

안개가 걷히기 전에
여자는 돌아온다
강기슭에 구두를 벗어놓고

이것도 로맨스

여자는 정성껏 권총을 닦는다
매일 이 일을 그만둘 수 없는 건
코끝 은은한 피 냄새 때문

어제처럼 다투었다
화가 난 남자가
여자의 어깨 너머 강과 산이 내다보이는
문을 거칠게 닫아버린다 바로 직전

여자는 납작하게 몸을 접어
얇은 종잇장처럼
문틈을 빠져나간다

지푸라기

오래 기다렸어요 너덜너덜해지는 동안
두 손을 앞에 모으고요

돌무더기에 또 돌을 올리고 나서
나는 꽉 찬 만두 속 같았는데요

지나갔어요
빠져나간 지푸라기들
수북이 쌓였습니다

쌀밥을 지어 먹었구요
열은 내렸습니다

까치가 나뭇가지 입에 물고
둥지로 날아올랐는데요
왜 이제야 보았을까요

나무를 지나 나무까지
숫자를 세지 않는 연습을 합니다

참 조용한 해질녘입니다

추모합니다

나는 읽는다 너는 가고

네가 남긴 책갈피에서
머리카락이
아침 국그릇에 떨어졌다

호수처럼 국물이
출렁, 하더니

곧 잠잠해졌다

벽과 못

녹슬고 굽어 바닥에 뒹굴기 전까지

그림 하나 걸릴 수 있도록
벽에 꼭 박혀 있어야겠다

변형하는 정신과 상상하는 육체의 변증법

김정환

이성미를 처음 만난 게 15년 전쯤이지만, 그게 엊그제 같다. 그때 나는 꽤 험악한(?) 단체 대장이었고 그녀는 그 단체 가입을 요청한 신입이었다. 이력을 보니 문학회 활동이 꽤 눈에 띄는지라, 내가 가만가만 물었다. 그냥 시나 쓰지 뭐하러…… 글쎄요. 시가 참 하찮아 보여서요…… 나는 시인도 겸업 중이었으므로, '뭐시라?' 투로 다시 물었지만, 그는 '시가 하찮다'는 생각을 거의 '신조'처럼 붙들고 늘어질 태세였다. '하찮음'과 '신조'의 관계가 좀 어설퍼 보이기는 했지만, 시라는 게 하찮지 않다는 생각을 신조처럼 몰아치기도 뭐해서, '하찮지 않음'과 '신조' 사이는 얼핏 가까워 보이지만, 너무 가까우면 촌스러운 데다 큰 일 낼 위험도 있는 거라서 나는 그쯤 질문을 마쳤다. 그후 5년 이상 이성미는 정말 시를 쓰지 않았던 듯하다. 그 중 반을 혁명에 좌절하느라 보냈고, 나머지 반을 다시 시 쓰는 준

비를 하느라, 시쳇말로 '손목을 푸느라' 보낸 듯하다. 그래서? 1996년부터 2004년까지 8년 동안 쓴 시 작품들을 모은 이 시집은 첫 시집치고도 매우 참신한, 그러면서도 탄탄한 시세계를 구축적으로 보여준다. 나는 그것을, 미리, 사적인 얘기를 미리 꺼낸 어설픔도 지울 겸, '변형(혹은 변태)하는 정신과 상상하는 육체의 변증법'의 미학 세계라고 부르겠다.

상상력의 주체는 흔히 정신이고, 육체는 변형의 주체거나 대상이다. 이성미 시의 방법론은 그 이분법을 무너트린다. 그리고 한 걸음 더 나아간다. (인간적인) 변신보다, (동물적인) 변형을 택하는 것. 데뷔 이전 시들을 모은 3부 '나의 세탁소'의 첫 시 「굴러나갔다」 전문은 이렇다.

머리 속에서 말똥구리가 기어나왔다. 소똥구리였던가? 어쨌든 나는 외출 중이었으니까. 그 틈에 머리 속을 치운 모양이야. 똥으로 보였는지 전부 굴리고 나왔다.

돌아오는 길에 녀석을 얼핏 보았지만 난 잠자코 머리 속으로 들어왔다. 말끔했다. 무엇이 있었더라? 컴컴해질 때까지 우두커니 앉아 있었다.

머리가 깨끗하게 비워지는 것은 기억을 비우는 것이지만, 이 시가 처절한 갱신을 아주 경쾌한 비유로 표현할 수 있는 것은 정신의 변형을 육체로 상상하기 때문이다. 그리고 근본적으로, 진정한 시인은 모두 육체의 상상력을 믿는다. 인간보다 동물이, 심지어 동물보다 식물이 더 찬란한 상상과 더 복잡한 사고를 발한다고 믿는 자들이야말로 진정한, 그리고 하찮은 시인이다. 똥이 똥 냄새를 풍기지 않는 위 시의 발랄함은, 그러나, 악몽을 심화한 결과다. "쇠고랑을 끌며 푸른 발이/밤새 저벅저벅 걸어다"니고 "눈을 감고/발자국을 지우고 있으면/저녁 어스름에 쩔그렁 소리가 다시 찾아"오는(「해가 저물 때 잠이 들려고 할 때 잠에서 깰 때」) 악몽, 그리고 "혁명이 내 정수리에/깃발을/꽂더니/빨간 불/인데도 길을 건너가버"(「휙휙」)리는 현실이야말로 악몽이고, 악몽은, 현실이 그렇듯, 심화(深化)를 통해서만 치유될 수 있다. 「휙휙」은 벌써 다음과 같은, 생애를 닮은 심화를 말미로 품고 있다.

아이가 하나
둘
셋
떠내려갑니다 할머니가 건져 올려
키웠습니다 나를 찾아와 니가 엄마냐 너도 엄마냐
할 것입니다 그때 할머니가 나타나
애야, 가자 내가 에미다
할 것입니다
아이의 아장걸음이 나를 앞서갑니다 나는 마구 달렸습니다
넘어진 나를
시간이 밟고 갑니다 그리고 무언가 또 휙휙
지나가고 기억만 남았습니다
나만 남았습니다

　“땀구멍마다 바늘이 자라”난 「선인장」, “물고기의 이빨이 들어가지 않는”「단단한 뼈가 되어 잠들다」 두 편과, “아이 우는 그 집엔/왜 들어”간「자전거랑 왜 그랬을까」, “평생을 기다려도 그가 나타나지 않는”「방문」 두 편은 자기 부정의 서정과 자기 호출의 비(非)서정이 절묘한 변증법적 대칭을 이루고, 이어지는 「붉은」에서 둘이 통합된다. 전문이다.

　　붉은 글자 위로
　　눈 내립니다

　　소리 내어 읽어보던
　　목소리도
　　눈 맞습니다

　　서성대던 마음이
　　입 안에 갇혔습니다

　여기서 “눈 맞습니다”는 ‘눈을 맞는다’는 뜻일까, 아니면, ‘눈이 맞다’는 뜻일까? 정과리는 이성미를 시인으로 추천하는 글에서 ‘이성미는 理性美의 소유자’라 했지만, 나는 이성미를 이성미(자기 자신)와 理性美의 소유자라 부르겠다. 혁명의 절망을 이리 아름답고 깔끔한 악몽의 이성적 서정으로 갈무리한 시를 나는 아직 보지 못하였다. 같이 읽으면 “눈은 살아 있다/떨어진 눈은 살아 있다 〔……〕 // 기침을 하자/젊은 시인이여 기침을 하자/눈 위에 대고 기

침을 하자/눈더러 보라고 마음 놓고 마음 놓고/기침을 하
자”……이후로도 한참을 이어지는 김수영의 그 유명한
「눈」도, ‘젊은’에도 불구하고 너무 늙었고, 말이 한참 길다.
어쨌거나, 이성미의 데뷔 이전 시세계는 그쯤에서 끝난다.
아니, ‘그쯤’이 아니다. 이 작품들이 ‘하찮은 미발표작’으
로 끝내 묻혔다면, 1980년대는 훗날 훨씬 더 초라하고,
1990년대는 훗날 훨씬 더 경박하게 보일 뻔했다. 3부 ‘나
의 세탁소’에는 동명의 작품이 없다. 3부 전체를 ‘나의 세
탁소’로 명명했을 뿐인데, 엄청나게, 혹은 거대하게, 혹은
가혹하게 예쁘다고 할 만하지 않은가. 이제, 「이상한 로맨
스 2」가 남았다. 전문이다.

> 짙은 안개가 끼면
> 여자는 뾰족구두를 신고 뱃사공에게 간다
>
> 물과 땅이 나누어지지 않은
> 태초의 혼돈을 만날 수 있다
>
> 배는 걸어오다가
> 사공과 함께 사라진다
>
> 안개가 걷히기 전에
> 여자는 돌아온다
> 강기슭에 구두를 벗어놓고

우주적인 동시에 감각적인 이, 기괴하게 아름다운 연애

시 혹은 불륜시는, 2부 ''베일 뒤의 거인'을 위한, 마지막으로' 인간적인, 변형하는 정신과 상상하는 육체의 변증법 아닐까? 왜냐면, 그리고, 2부 첫 시 「나는 쓴다」(데뷔작이다)에서 시인은 "병원 수세식 변기 속/물에서 꼬물거리는 벌레"처럼 오그라든다. 그리고, 벌레의 육체적 상상력은 전복성("물고기의 싱싱한 시체"), 자연성("잎사귀에서 물방울이 증발한 흔적"), 도시성("화물 기차의 검은 몸체"), 누추("수챗구멍에 엉켜 있는/늙은 남녀의 잿빛 머리카락"), 낡은 희망("쓰레기차에/내려앉은 환한 눈더미") 등등을 뒤섞어 인생의, 삶의, 생애의 "내년 가을에도/황금빛 이파리"를 빚어내지만, 끝내 '끔찍한' 전래 동화의 '끔찍한 아름다움'의 마각을 보고야 만다. 전래 동화는 문명사의 블랙홀이다. 전래 동화의 끔찍함, 전래 동화에 스며들어 있는 문명의 야만성은 변혁을 지지하든 하지 않든, 혹은 방관하든, 20세기의 정치적 야만을 겪은 사람이면 누구나 어느 날 문득 깨닫게 되는, 특히 민요적 단순성으로 수천만 명을 죽인 파시즘과 스탈린주의의 동전 양면을 겪은 자라면 더욱 뼈저리게 느낄 끔찍함이다. 하지만 이 끔찍함을 끔찍한 현대적 아름다움/두려움으로 형상화한 것은 바르토크와 브리튼의 음악, 릴케 시, 그리고 카프카 소설 이래 매우 드물다. 게다가, 이성미 시들은 끔찍함조차 발랄하다. 그리고, 거인 혹은 괴물은 사악을 떨다 인간에게 당하는 거인 괴물이 아니라 스스로 놀라거나, 인간을 봐주거나, 설령 가해하더라도, 사악한 구석이 전혀 느껴지지 않는 거인이다.

밤하늘을 그어버리는

노란 손톱 자국

놀란 거인이 쿵쿵거리며 달려나온다　　　　　──「벼락」 전문

구석에서 거인은 몸을 숨기고
무서운 눈을 감아준다
잠시뿐이다
축제는 곧 끝날 테니　　　　　　　　──「봄」 마지막 연

내 아랫배에 숨어 있던
꼬마 피에로
닭발 같은 손을 내밀어
아이스크림을 잽싸게 낚아챘다　　　　　──「관계」 가운데 연

그는 네가 살던 숲을 베어버렸다
너는 도망쳐 숲을 다시 세웠다
너는 북극으로 가 얼음집을 짓고 숨었다
그는 봄바람을 불어 녹여버렸다

그가 너를 독수리처럼 낚아채
하얀 빛 속으로
집어던졌다　　　　　　　　　　──「일식」 마지막 두 연

　2부 '베일 뒤의 거인'에서 「나는 쓴다」와 '끔찍한 동화
들'을 뺀 나머지 시들은 심심하고 지리하다. 데뷔가 그의
손목을 무겁게 한 것일까, 아니면 이것 또한 변형의 몸부

림? 최근에 쓴 시들을 모은 1부 제목은 '침묵과 말하기 사이'다.

소리와 침묵 '사이' 음악이 있듯, 시는 침묵과 말하기 사이 있고, 그러므로 시인이 '침묵과 말하기 사이'를 노리는 것은 당연한 일이다. 하지만, 이 '사이'는 '사이'라고 말하는 순간, '말하는 것'이 되는 사이고, 그냥 입을 닫는 순간 침묵으로 굳어버리는 '사이'다. 숱한 시인들이 '사이'를 노렸으되 '사이' 속으로 파고들지 못하고, '말하는 것' 아니면 '침묵'으로 전락했다. 이성미의 '사이' 방법론은, 대단히 흥미롭게도 중력을 벗은, 그러나 소란스런 무용을 닮는다. 변형의 마지막 형태는, 나비였던가? 「입을 다물다」의 1연 "어디서 올까 그녀의 향기/몸 안에 양귀비꽃이 들어 있는 모양이다"는 그저 그렇지만, 이어지는

어쩌다 입을 여는데
꽃잎들이 풀풀 나와
그녀와 나 사이를 떠다닌다

이것도 아름답지만
오래도록 그녀는 입을 다물고
그래서 나는 그 옆에 머물고

의, (입을) 엶과 다묾과 머묾의 관계가 너무도 앙증맞은 것이, 다시 김수영 만년작 「꽃잎 2」 2연 "노란 꽃을 주세요 금이 간 꽃을/노란 꽃을 주세요 하얘져 가는 꽃을/노란 꽃을 주세요 넓어져 가는 소란을"에 대한 답시로 아주 걸맞

다. '사이'는 이성미 시의 비유를 보다 광활하게 발전시키기도 한다. "감기약을 먹으라니까/조카가 서럽게 운다//야간 행군에 지친/어린 보병의 의문처럼//다른 숲으로 날아가다/총에 맞아 떨어지는/새의 의문처럼//등잔불을 꺼뜨리지 않고/들고 가야 하는/시린 손의 의문처럼"(「밤길」 전문)이 바로 그렇다. 그리고 「비밀」은, 변형과 사이와 비유가 빚어낸, 이 시집 최고의 걸작이다. 전문이다.

몰래 벌어지는 일들에서
설탕 묻은 장난감 냄새가 난다
태엽 인형의 벨소리
끊어질 듯 이어지고
등 뒤에선
낮은 북소리

모두가 잠든 밤에
자라는 숲
저물녘 피는 진홍색 분꽃
어딘가 묻혀 있을
버섯의 냄새

말이 내뱉어지는 순간
불투명 유리창에 금이 간다
마술이 끝나고
다락 문이 열릴 때
펼쳐지는

먼지 앉은 내부

1연은 벌레처럼 예민해진 감각의 상상력만이 빚어낼 수 있는 비유이고, 동시에 가장 인간적인 사회의 폐부를 찌르는 비유이다. 그리고, 그러므로, 이 비유는 2연에서 곧장 자연과 우주의 비밀에 인간의 비밀이 우주적으로 자라난다. 그리고 3연은, '사이'로 완성되는 변형의 자아, 아니 '변형=자아'다. 그리고, 이제 이 시집 후기 같은, 혹은 다음 시집 서문 같은 시 한 편이 남았다.

아무 일도 일어나지 않는 삶
바람은 달려가고
연인들은 헤어지고
빌딩은 자라난다
송아지는 태어나고
늙은 개는 숨을 거두고

아무 일도 일어나지 않았다
찻잔에 물이 잔잔하고
네 앞에 시 한 편이 완성되어 있을 때
——「네가 꿈꾸는 것은」 전문

최승자는 술이 과했던 한 술자리에서, 진은영을 두고 '드디어 나를 정말로 잇는 시인이 나왔다'며 그답지 않게 기꺼이 웃고 떠든 적이 있는데, 여성이면서도 김수영을 잇는 시인이 최승자와, 진은영이다, 라는 소리로 나는 새겨

들었다. 이 말이 최승자에게, 또 진은영에게 실례가 되지 않는다면, 나는 이성미도 그 대열에 더하고 싶다. 이성미가 무거우나 끝내 발랄하고, 튼튼하지만 끝내 그 안에 허묾을 포괄하는 첫 시집의 세계를 더욱 발전시키기를 빈다. ▨